BAPTÊME DE NAPOLÉON IV

SALUT AU 15 AOUT 1855

FÊTES EUROPÉENNES

CÉLÉBRÉES A PARIS

A LA PLUS GRANDE GLOIRE DES DEUX MAJESTÉS DE L'EMPIRE,

ILLUSTRÉES

Par la présence de Leurs Majestés la grande Reine d'Angleterre, de vaillant et courageux Souverain de Sardaigne et de Piémont, et par le concours universel des Princes et Citoyens les plus éminents du globe,

Fêtes présidées

Par le Représentant de Dieu sur la Terre.

1856

TERRASSEMENT DU VEAU D'OR,

Idole des païens, faux dieu qui égare tant de chrétiens en se faisant adorer par eux.

———

Le bien et le mal se partagent le monde.

Le *cuique suum* est le drapeau du bien.

Le *primo mihi* est le drapeau du mal.

Les hommes du *cuique suum* sont tous frères. Ils s'aiment, sympathisent entre eux, se donnent mutuellement la main. S'ils possèdent des biens, ils n'en font usage que pour secourir leurs frères pauvres, malades, souffrants, tombés dans le besoin. Ils font aux autres ce qu'ils veulent qu'on fasse pour eux. Ils ne font pas à autrui ce qu'ils ne veulent pas voir faire à eux-mêmes. Ils pratiquent la religion du Christ. Ils adorent le vrai Dieu. Leur règne n'est pas de ce monde.

L'Empereur Napoléon, allié à la puissante reine d'Angleterre et au valeureux roi de Piémont, marche à leur tête.

Ce drapeau, enseigne de l'honneur, symbole de la gloire, a fait le tour du monde, visité toutes les capitales de l'Europe : son règne est éternel !

Les hommes du *primo mihi* vivent éloignés les uns des autres. Ils n'ont de sympathie pour personne : leurs caresses sont trompeuses, leurs affections simulées. Ils ne connaissent pas de lien social, pas même de lien de famille. Ils font aux autres ce qu'ils ne veulent pas qu'on fasse à eux-mêmes, et si autrui leur demande un service, ils sont sourds et muets. De tels hommes ne pratiquent aucune religion : à vrai dire, ils n'en ont pas. Ils paraissent idolâtres en adorant un faux dieu, le Veau-d'Or. Aussi, leur règne est tout de ce monde : pour eux, morte la bête, mort le venin : voilà leur morale !

Et de tels hommes ont quelquefois osé se proclamer républicains !

TALLEYRAND - PÉRIGORD , POLIGNAC , GUIZOT , LEDRU-ROLLIN , etc. , etc. , etc. , marchent à leur tête.

Quand ces hommes étaient au pouvoir, au lieu de gouverner la France, ils rendaient des services, et leur administration faisait pleurer les Français !

Mais leur drapeau n'a jamais pu sortir de Paris : il est resté enfoui dans les rues de la capitale, couvert de boue et de mépris : son règne a duré vingt-quatre heures.

Français ! Serrons les rangs sous Napoléon III ! et le Veau-d'Or, déjà terrassé, finira par être étouffé !

ENSEIGNEMENT.

Le fonctionnaire public qui, dans l'exercice de ses fonctions, manque aux prescriptions impératives de la loi, n'obéit pas promptement, lestement aux vives impulsions de sa conscience, s'attache lui-même au pilori dressé sur la place publique. Ainsi dégradé, il se montre aux yeux de ses semblables déchu de tout emploi public ; il reste pendant toute sa vie sous la honteuse critique du mépris public. Que de fonctionnaires publics actuels peuvent se mirer au miroir de l'illustre Grappe! (Paroles recueillies au cours de droit Français en l'année 1825, sous le développement du célèbre Grappe, professeur à l'École de droit de Paris, section du Panthéon.

A Sa Majesté la Reine d'Angleterre.

Unir la France à l'Angleterre,
C'est créer la paix sur la terre !
Voilà le Panthéon où sont gravés les noms,
Tant de Victoria ! que de Napoléon !
   Des peuples écoutons
   La grande voix qui le confesse.
   Oui ! la paix nous avons,
   Par l'Empereur et la Déesse !
   Car à Paris Victoria
   De Napoléon est au bras !

D'unanime concert, sur la terre et sur l'onde,
Vivent en paix les deux premiers trônes du monde !
 La lutte est toute dans les arts
 Et la guerre dans l'industrie,
 Où les peuples fouillent leur part
 Sur ce grand fleuve de la vie.
 Jadis la France et l'Angleterre
 S'abîmaient dans l'art de la guerre ;
 Elles adoraient le dieu Mars !
 Mais leur baptême aux Dardanelles
 Les a fait grandes sœurs jumelles :
 P'rions Dieu qu'il reste avec elles !

  Anglais ! Français ! rivalisons !
  La paix ! La paix ! éternisons ! ! !
 De l'Angleterre et de la France
 Voilà ! Voilà cette alliance !
      Et
 Tant de Londres que de Paris,
 Entendez-vous l'immense cri...!

A Sa Majesté le Roi de Piémont et de Sardaigne.

 Romain, courbé sous les revers,
 Songe aux beaux jours de sa patrie !
 Par fils de vaillant Charles-Albert
 Il attend renaître à la vie !
 Car à Victor-Emmanuel
 Tout Italien doit son réveil,
      Et
 Si l'écho crie... A la besogne !
 Pensons qu'il part de la Pologne !

  Cuique suum !
 Et paix nous aurons ! ! !

   De l'Italie,
   De la Hongrie,
   De Varsovie,
   Voilà la vie ! ! !

De Napoléon actuel ,
De Victor et Emmanuel ,
De nous tous ,   voilà le conseil ! ! !

Oportet ut legas amcs que Napoleonem, infortunii refugium.

QUI LIT L'HISTOIRE, AIME NAPOLÉON !

Ce cri prolongé de la conscience publique part des bords de la Seine , va grossissant jusqu'aux trois mers qui enserrent la France; puis , au lieu de finir avec le prolongement de la voix humaine, peuples et souverains composent le grand écho qui le fait revivre dans toute l'Europe.

Que je suis fier et heureux d'écrire ce que j'ai vu, entendu ,

De mes yeux vu!
De mes oreilles entendu !
Honneur ! Salut à l'histoire !
par
PELLOUX de l'Isère.

Triomphe miraculeux de Napoléon III.

Paris , centre des lumières de l'univers.

La France , entrepôt du commerce de l'Europe , veufs l'un et l'autre de leur chef depuis 35 ans , vivaient agités, convulsifs , malades.

Les peuples de l'Europe, courbés sous la même pression, c'est-à-dire , privés d'un chef qui veuille connaître leurs besoins, les étudier , les apprécier pour faire rendre à chacun ce qui leur appartient , partageaient même malaise.

Tout à coup éclate la foudre révolutionnaire ; les rois se voient chassés ou sont singulièrement ébranlés sur leur trône ; l'Europe tourne sur un volcan.

Quelques bons patriotes courageux , désintéressés., se précipitent au timon des affaires ; mais leur nombre est si petit, qu'ils sont noyés dans la tourbe révolutionnaire qui les entoure, et la république,

PROFANÉE !

Est proclamée !

Juste ciel ! quels républicains !

L'or d'autrui leur sert de butin !

Mais chut ! Dieu va parer au désordre ! Dieu tient en réserve l'homme providentiel !

Par lui !

La chaire de Saint-Pierre, veuve de l'apôtre du Christ, voit reparaître son souverain Pontife, et la sainte religion de l'Homme-Dieu, jusques là étouffée en Orient, renaît au milieu de ces peuplades avec tout le prestige de son divin éclat !

Par lui !

L'empereur d'Orient menacé de dissolution par cela seul qu'il est cent fois plus faible, est à jamais affermi sur son trône ! Napoléon a prouvé à la Russie que la raison du plus fort n'est pas toujours la meilleure.

Par lui !

La France et l'Angleterre, éternellement jalouses l'une de l'autre, puissances qui pendant des siècles ont fait trembler le monde par le bruit de leurs armes, sont devenues sœurs jumelles en mariant à Londres et à Paris les forces de terre et de mer, mariage qui promet à l'Europe paix éternelle !

Par lui !

L'industrie et le commerce de la France, et même de l'univers, ont grandi et grandissent tous les jours, ont fleuri et fleurissent tous les jours à pas de géants !

Par lui et à son exemple !

Dieu, en faisant vider dans la bourse du pauvre le superflu que possède le riche, détruit dans le monde la grande idolâtrie qui sacrifie si ouvertement, si impunément au Veau-d'Or.

Par lui !

Dieu, en faisant rendre à César ce qui est à César, anéantit en France tous les complots, tous les partis !

HONNEUR ! MILLE FOIS HONNEUR !

Au triomphe si miraculeux que mérita seul Napoléon III !

L'EXILÉ !

DEVIENT PRÉSIDENT DE LA RÉPUBLIQUE !

Le peuple, par acclamation, le proclame Empereur !

Exaltavit humilem !

Esurientem implevit bonis !

SON MARIAGE PLÉBÉIEN,

Orné de toutes les grâces de la belle nature !
Embelli de toutes les vertus chrétiennes !

SA BELLE POSTÉRITÉ MASCULINE,

Qui en perpétue l'heureux souvenir sous le saint patronage du représentant de Dieu sur la terre !

SA JUSTE GUERRE,

Sitôt finie que commencée pour faire rendre....

A Dieu, ce qui est à Dieu !

A César, ce qui est à César !

SON IMPULSION ÉLECTRIQUE !

Au travail !

Aux sciences !

Aux beaux-arts !

A l'industrie !

Au commerce !

LA PAIX EUROPÉENNE,

Si vite acceptée aux justes conditions par lui imposées !

SON ALLIANCE ANGLAISE !

(Antidote de la Sainte-Alliance.) Devenue indissoluble en rendant

SŒUR JUMELLES

La France et l'Angleterre, pivot de l'ordre européen !

SON DÉVOUEMENT PERSONNEL

Au faible !

Au pauvre !

SON NOM !

Déjà si populaire, aujourd'hui réfuge des peuples et des souverains de l'Europe!

PAR UN RÈGNE DE QUATRE ANNÉES,

Voilà l'immense colonne de gloire qu'élève l'histoire

A L'EMPEREUR NAPOLÉON III!

Qui osera jamais la gravir?

QUE LE MONDE ATTENTIF

N'attend-il pas de ce Génie si jeune, si heureux, si passionné pour le bien!

Que la France est orgueuilleuse de posséder un souverain envié par toutes les nations!

Qu'elle est noblement vengée du deuil criminel de Sainte-Hélène que, pendant 35 ans, lui ont fait porter leurs rois!

La porte de l'Empire.

Grenoble! sentinelle vigilante, sentinelle avancée de l'Empire, grande cité toute napoléonienne,

OUVRE LA PORTE A L'EMPIRE!

Puis, au jour néfaste, quoique privée de toute escorte du dieu Mars, Grenoble, avant de faire ses adieux à l'Aigle impériale, brûle ses dernières cartouches sur ses remparts à moitié démolis.

PELLOUX, GRENOBLOIS,

Continuant le rôle patriotique de sa noble cité, souhaite sa première fête à l'auguste rejeton de l'illustre famille,

AU PRINCE IMPÉRIAL NAPOLÉON IV!

Que n'est-il assez riche et assez puissant pour métamorphoser la citadelle de Grenoble en un Palais impérial!

Ce serait le bouquet qui accompagnerait et ses vœux et ses souhaits au jeune Prince, sainte Arche d'Alliance entre le peuple Français et son illustre souverain!

Que Grenoble serait fier et heureux de pouvoir faire quelquefois sentinelle à la porte du palais des descendants de l'élu de Dieu et de la nation!!!

Nouveau Messie sur le trône de France.

Les eaux majestueuses du Rhône et de la Loire, les eaux de leurs terribles affluents, subitement soulevées contre les ravages du crime Marmont, viennent de souiller la France. Partout sur leur passage elles ont laissé des traces profondes de destruction, de ruine, de misère, de désolation.

On est porté à croire qu'elles sont venues laver les avalanches de sang qn'ont fait répandre en France les suites du crime incomparable.

Mais aussitôt l'Ange du Seigneur a paru et la fureur des flots s'est appaisée! Et tous les peuples, mus par un si grand, si leste exemple, ont tendu la main!

HONNEUR !

Mille fois honneur au dévouement impérissable de l'Empereur Napoléon III !

HONNEUR !

Mille fois honneur à la noble sympathie des peuples civilisés !

SALUT à cette apparition subite de l'arc-en-ciel qui vient annoncer aux peuples qu'il n'y aura plus de guerre entre eux !

Puis la Seine, nouveau Jourdain, pour revenir au crime Marmont, a fourni les eaux qui ont lavé le grand crime.

En présence des apôtres du Christ, la tâche immense a disparu par le baptême du premier soldat de l'Empire.

HEUREUX BAPTÊME ,

Salut !

La paix ! mon pays avant tout !

Chut !

Napoléon lavera tout !

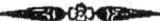

Baptême de Napoléon IV

1856, le 14 Juin.

Descente de l'Esprit-Saint sur la tête de Napoléon IV, en présence des Apôtres.

FRANÇAIS !

Que désormais le 14 juin soit fête religieuse et nationale !
Dieu confirme le choix trois fois populaire !
L'élu du peuple est bien l'élu de Dieu !
En ce beau jour, réunissons-nous au temple du Seigneur !
Bénissons-le d'avoir visité Napoléon IV, fils aîné de l'envoyé de Dieu sur le trône de France !
Levons-nous comme un seul homme ! Bénissons, adorons le Seigneur !

Quel noble parallèle !

Henri IV donnait au peuple la poule au pot,
Napoléon Ier donnait au peuple son épée, son génie !

NAPOLÉON III

Enchérit sur les deux héros : Il donne au peuple....

    Son génie,
    Sa bourse,
    Son cœur,
    Il se donne lui-même !

Ambassadeur du Christ sur la terre, il démolit en plein air

LE VEAU D'OR !

Qu'il distribue à pleine main dans les chaumières et et dans les décombres qu'il va visiter seul, n'ayant pour escorte que les mille périls qu'il brave et qu'il méprise pour reconnaître et secourir la misère ! Aussi, sa garde impériale est nombreuse !.. Que Napoléon reste à Paris ou à Saint-Cloud, que Napoléon se rendé à Versailles ou à Fontainebleau, que Napoléon visite la France à l'Est ou à l'Ouest! au Nord ou au Sud, que Napoléon traverse un Champ-de-Mars ou de simples broussailles, partout le bras du peuple est constamment levé pour le saluer et le défendre! Partout même opinion, même pensée, mêmes acclamations!

Napoléon est aux Français ce que l'âme est au corps...

LIEN D'AMOUR INSÉPARABLE ! ! !

Après si noble exemple, les hommes du *cuique suum* osent espérer qu'on ne trouvera bientôt plus de Français, hélas! naguère si nombreux, qui oseront encore sacrifier à l'idole du veau-d'or!

Napoléon, qui depuis un demi-siècle fait triompher le drapeau du *cuique suum*, ne veut pas que personne pleure sous son règne.

L'histoire dira de lui... Il fut le règne de l'âge d'or!

Aussi, le représentant de Dieu sur la terre vient à Paris crier au peuple Français..:

Napoléon est l'envoyé de Dieu sur la terre de France!

De par Dieu je suis parrain de sa lignée!

De par Dieu je la bénis.

HUMBLE SUPPLIQUE

Du vieux soldat de l'Empire à Napoléon IV, soldat, supplique recommandée à son illustre Père, à Sa Majesté Napoléon III.

EN NAPOLÉON IV

VOYONS UN NOUVEL ABRAHAM !

SON BAPTÊME !

QUELLE HEUREUSE NAISSANCE !

Dédiée

AUX DEUX MAJESTÉS DE L'EMPIRE

Par

PELLOUX de l'Isère.

Dernier et premier soldat de l'Empire,

Le 6 juillet 1815 ,

Sur les remparts de Grenoble , comme patriote, en qualité de lycéen externe de cette ville , il a tiré les derniers coups de fusil pour le soutien de l'empire.

Le même jour , le génie l'a encore occupé à la sape et à la brouette pour consolider le batardeau , hors la porte de la Graille de la même ville.

Voilà ses campagnes comme dernier soldat de l'Empire !

Le 10 décembre 1848 ,

Sur la place de Barraux (Isère), commune où se trouve le fort Barraux , au moment du vote pour la présidence de la république, les citoyens des communes de Chapareillan , Saint-Marcel, la Flachère, la Buissière, réunis aux citoyens de Barraux pour émettre leur vote,

Il a entonné et chanté , en pleine place , les strophes suivantes :

I.

C'est pour Louis-Napoléon ,   (bis.)
Que nous tous Français nous votons !   (bis.)
   Honneur au Président !
   Qui nous rend tous contents !
Faisons la farandole !
   Et le grand rond !
   Et le grand rond !
Faisons la farandole !
   Quand nous avons
   Napoléon !   (bis.)

II.

Que ceux qui ne sont pas pour nous !   (bis.)
Nous donnent la main sans courroux !   (bis.)
   Quand vient Napoléon !
   Tout abonde aux maisons !
Faisons la farandole !
   Et le grand rond !
   Et le grand rond !
Faisons la farandole !
   Quand nous avons
   Napoléon !   (bis.)

III.

Napoléon pas patroné !
N'est-ce pas Dieu qui l'a donné ?   (bis.)
    A l'aide de son bras   (bis.)
    Le commerce prendra ,
    L'or en France pleuvra.
Faisons la farandole !
    Et le grand rond ,
    Et le grand rond ,
Faisons la farandole !
    Quand nous avons
    Napoléon !   (bis.)

IIII.

Jamais en France on aura cru
Que Napoléon fût déchu !   (bis.)
    Que ceux qui l'ont trahi   (bis.)
    Soient tous au pilori !
Faisons la farandole !
    Et le grand rond ,
    Et le grand rond ,
    Faisons la farandole !
    Quand nous avons
    Napoléon !   (bis).

Le 1er mars 1856 !

Par l'entremise de l'Ange du Seigneur (voir copie de sa lettre ci-après), il a annoncé à Sa Majesté Eugénie, Impératrice des Français , qu'elle accoucherait du Prince impérial !

Voilà ses campagnes comme premier soldat de l'Empire !

DANS QUEL RÉGIMENT

Servent soldats et officiers qui peuvent lui faire concurrence ?

ET S'IL EST SEUL !..

N'y aura-t-il jamais rien pour lui...

SIRE ! ! !

Le vieux soldat de l'Empire, enhardi par le voisinage de Château-Bayard , qui vit naître le chevalier sans peur et sans reproche , adresse même allocution

AU PRINCE IMPÉRIAL !

ET A SA MAJESTÉ EUGÉNIE, IMPÉRATRICE DES FRANÇAIS !

Il prie Dieu qu'il veille sur les jours si heureux de toute l'illustre famille !

Compatriote de noble Bayard, et marchant sur les traces du chevalier sans peur et sans reproche, quoique dernier et premier soldat de l'Empire, il doit céder comme il cède le pas à la tête de l'armée, à son illustre rival, au vaillant soldat Napoléon IV !

Seulement, qu'il lui soit permis de le suivre et de verser son sang pour le défendre, si jamais il en a besoin !

Le 16 Mars !

QUELLE HEUREUSE NAISSANCE !

DIEU !

LE PEUPLE ET L'ARMÉE VEILLENT SUR ELLE !

De Mars et Bellone
C'est le nourrisson !
De Cérès-Pomone
La riche moisson !
Et si Canrobert
Ne craint pas la guerre !
Jamais Bosquet vert
N'attriste la terre !

Honneur aux Jumeaux
Si pleins d'espérances,
Veillant au berceau
De l'enfant de France !

Et toi Pélissier,
Sauveur de Bizance,
Sois toujours le premier,
A couvrir de lauriers
Le fils de la France !

Accourez, les chasseurs !
Attention, les zouaves !
Mourir pour l'Empereur,
C'est servir en brave !

Ecoutons le refrain ! bien loin ! bien loin... là-bas !
Le soldat français meurt ! mais il ne se rend pas !
                    Et
Napoléon quatre , soldat , le dit tout bas !
                    Oui !
        D'abord à Dieu ! puis à sa patrie !
        Soldat français doit toute sa vie !
                    Et
        Telle fut vie et mort de Bayard
        Qui vécut et mourut en soudard !

Grenoble , bâti au pied des Hautes-Alpes, qui lui servent de fameux remparts , a vu reconstruire ses murailles, a vu naître les forts de Rabot et de la Bastille pour le mettre à l'abri d'un coup de main. Cependant, pour sa défense, ce ne sont là que des travaux préparatoires , qui ne peuvent jouer aucun rôle important, tant que l'entrée de la riche vallée du Graisivaudan ne sera pas fermée à l'ennemi.

Et le fort Barraux, sur la rive droite de l'Isère, a besoin pour défendre l'entrée de cette vallée , d'être soutenu par une forte citadelle sur la rive gauche de la même rivière.

Grenoble, devenu porte de l'Empire , attire sur lui l'attention de l'Empereur pour faire exécuter des travaux qui fassent respecter la porte qui, en 1815 , s'ouvrit par enchantement à Napoléon Ier, pour l'introduire et le conduire au trône ! Et l'emplacement où doivent être exécutés ces travaux est tout marqué : Château-Bayard sur la rive gauche de l'Isère, en face du fort Barraux, doit devenir, à l'est de la France, citadelle de premier ordre , et compléter la défense de Grenoble, ville frontière !

L'entrée de la citadelle sera défendue par deux arcs de triomphe , monuments nationaux.

Sur le premier , posera la statue de Bayard , au bas de laquelle on lira : Je meurs sans peur et sans reproche pour Dieu et mon pays !

Sur le second , sera élevée la statue colossale de Napoléon 1er.

Le piédestal de la statue sera une pierre-rocher posant sur le dos accroupi de deux princes : Talleyrand et Fouché, et de deux maréchaux de France : Marmont et Bourmont. On lira sur le frontispice du piédestal :

Traîtres de tous les pays ,
Accourez-voir vos amis !

VOILA LE SORT DES TRAITRES.

QU'AINSI PÉRISSE TOUT FÉLON !

Une sentinelle sera constamment préposée à la garde de
chaque arc de triomphe.

Heureux souvenir sur Napoléon Ier.

Sa harangue au golfe Juan , au moment de son départ préipité sur Grenoble.

Aux bords de l'Isère ,
Vaillants compagnons ,
Nous avons des frères
En Napoléon !

Volons sur la rive
Au rude courant,
Affrontons... qui vive.
De faux-frère M.......

Suivons l'hirondelle
Dans son vol léger ;
A Grenoble avec elle
Entrons sans frapper !

Maîtres de Vizille...,
Au son du clairon,
Marchons sur la ville
Sans tirer le canon !

Voyez... ! la vedette
Franchit le rempart ;
Courbons la cornette
Au vaillant Bayard !

Aux cris d'allégresse ,
Vive l'Empereur !
Le peuple confesse
Qu'il voit son sauveur !

A voir de la ville
Le grand remuement...
Oui, chaque famille
Se croit dans un camp !

Le peuple en chemise,
Bras dessus , bras dessous ,
Dit : — Je fraternise,
Je souris à tous !

Dans chaque famille ,
Dans chaque maison ,
Les garçons , les filles ,
Tous pour Napoléon !

Pareil jour de fête
Au vieux Cularo ,
Attend là nos têtes ;
Marchons en héros !

Serrons les rangs.., leste !
Pas de géants.., preste !

Napoléon, dont le génie surhumain éclipse les hommes, inaugure l'arrivée du XIXe siècle par sa présence au timon du gouvernement de la France.

Après sa conquête d'Italie , il passe en Egypte pour faire de son peuple un puissant allié à la France , et de sa terre si fertile le grenier de la France , tant pour approvisionnement de blé, que pour approvisionnement des denrées coloniales dont elle manque.

Mais les 500 républicains du Directoire, chacun d'eux mu par le *primo mihi* qui est l'unique pente de leur républicanisme, l'abandonnent dans sa gigantesque entreprise et laissent perdre à la France la conquête de l'Italie.

Napoléon, indigné, arrive à Paris incognito, saisit de son bras vigoureux le drapeau du *cuique suum* , disperse les 50J républicains et fait de la France la première nation du monde.

En 1815 , Napoléon sort de son île d'Elbe, et chasse à pas de géant le drapeau du privilège , qui n'est autre que le drapeau du *primo mihi.*

En 1840, la France, toujours courbée sous le drapeau du privilège, réclame hautement la cendre de son chef, et Louis-Philippe, cédant à la voix de l'opinion publique, alors surtout qu'il ne s'agit que d'un mort, fait revenir avec pompe de Sainte-Hélène la cendre de Napoléon.

Et dès que le cercueil célèbre touche aux rives de la Seine, le concours des Français et des peuples étrangers à Paris est si grand qu'on ne parle déjà plus de Louis-Philippe. C'est Napoléon, quoique mort, qui règne à Paris.

Louis-Philippe, pour se venger de si grande démonstration populaire, appelle au gouvernail de la France le transfuge de Gand, l'homme né du *primo mihi*, l'élève et l'ami de Talleyrand, qui se cramponne au pouvoir pour faire régner le privilège, et par cet entêtement si mal entendu, il prépare et fait éclater la crise de 1848, qui ramène au pouvoir Napoléon.

Et Napoléon, prince né du *cuique suum*, disperse à pas de géant les 700 républicains se tyrannisant sous le drapeau du *primo mihi* pour arriver à tour de rôle à la présidence de la république.

Après de tels évènements, c'est être aveugle que de ne pas voir le drapeau de Dieu dans le *cuique suum*, et le drapeau de Satan dans le *primo mihi*.

CHUTE DE L'EMPIRE, SON SOMMEIL, SON RÉVEIL, SA MORT, PUIS SA RÉSURRECTION AU GRAND APPLAUDISSEMENT ET DE LA FRANCE ET DES PEUPLES ET SOUVERAINS DE L'EUROPE.

1813 et 1814 !

Les potentats de l'Europe, constamment battus et vaincus depuis plus de vingt ans, écument de rage et de colère, et quand ils voient que les désastres de Moscou, qu'ils ont jugés irréparables, n'arrêtent pas les victoires de Napoléon ; ils se liguent contre lui,

Puis, foulant aux pieds toutes les lois de l'honneur et de la morale, ils descendent au rôle honteux de corrompre ses ministres et lieutenants, et ils se dégradent jusqu'à ameuter les peuples contre la France.

Les soldats qu'ils amènent contre elle, sont si nombreux, qu'ils forment un épais nuage en Europe, et malgré cette force si imposante, ils n'osent courir les chances franches et loyales et du canon et de la bayonnette, car s'ils pénètrent en France, ce n'est pas par des éclaircies faites par la mitraille et la mousqueterie, mais bien à l'aide d'ignobles manœuvres commandées par la corruption, et soldées par l'infâme trahison !

C'est par l'or et non par le fer qu'ils entrent en France, qu'ils prennent Paris !

Les bords du Rhin sont hérissés de canons ; ils sont tellement fortifiés qu'ils ne forment entre eux, sur leur immense étendue, qu'une vaste et puissante citadelle, devenue inexpugnable alors qu'ils sont défendus par la première armée du monde, qui n'a jamais fui devant l'ennemi.

Une armée de plus de 200,000 hommes, dont le cri guerrier et de ralliement est... *Le Français meurt, et ne se rend pas !* Armée toujours victorieuse quoiqu'en retraite, sous le commandement de son chef, premier capitaine de vingt siècles, qui n'a jamais perdu bataille,

COUVRE PARIS !

Et l'ennemi, sans se battre,

PASSE LE RHIN,

ENTRE DANS PARIS.

Les potentats sont bouffis et d'orgueil et de vanité. Leur succès, au fond si éphémère et pour eux inespéré, fait taire leur conscience. La raison les abandonne ; une joie féroce les aveugle. Ils n'ont déjà plus pour guides uniques de la plus odieuse politique que la basse passion de la vengeance, que la sale écume de la colère, et ils vont s'entendre pour ne bâtir que sur le sable mouvant.

LES MALHEUREUX !

Ils détrônent Napoléon, seul souverain auquel ils doivent et repos et tranquillité sur leur trône !

Puis, à son égard, ils violent toutes les saintes lois de la nature.

NAPOLÉON

N'est pas leur prisonnier ; ils n'ont pas acquis le droit de le maltraiter.

NAPOLÉON,

Leur égal, s'est rendu volontairement à eux ; ils lui doivent, comme hôte, logement, table, service de souverain, et ils doivent se conduire, en fournissant à ses besoins, de manière à ne pas lui laisser apercevoir qu'il n'est plus libre.

EH BIEN !

Au lieu de souscrire à ces lois de justice, de bienséance et d'humanité,

LES SOUVERAINS

L'éloignent de la France et de l'Europe !
Ils le séparent...

DE SA FEMME,

DE SON FILS,

ET MÊME DES HOMMES !

Ils le font garder à vue dans sa chambre, construite *ad hoc* sur un rocher désert ;
Ils le font descendre vivant dans la tombe !

LUI !

Dont l'œil flamboyant, naguère habitué à passer la revue de tous les peuples de l'Europe, n'a plus de communication qu'avec les flots mugissants et impétueux du vaste Océan.

LUI !

Dont le pied si agile, si leste, a eu pendant vingt ans toute l'Europe pour salle des pas perdus, ne peut plus fouler que le petit coin de terre destiné à faire sa dernière demeure.

LUI ! QUI GOUVERNAIT HIER LE MONDE !

Aujourd'hui n'a plus que la liberté de faire creuser sa tombe sous le saule pleureur de Sainte-Hélène, symbole de la consternation publique à l'approche du sacrifice.

LUI !

Qui gouvernait hier le monde sous le titre si mérité d'Empereur et Roi des nations, aujourd'hui est appelé général Buonaparte !

Sa grande âme si martyrisée va quitter la terre !

Il mande son fidèle Bertrand pour lui confier son épée, symbole de sa gloire !

TIENS , LUI DIT-IL,

Tu ne la rendras qu'à mon fils ! Et s'envole l'âme du héros.

ET BERTRAND ,

Face, type de fidélité et d'amitié, viole le dépôt sacré !

Il était écrit que Bertrand ferait comme Pierre , qu'il trahirait son maître.

L'ÉPÉE GLORIEUSE,

Qui pendant vingt ans échappe au fer , au feu de mille batailles , tombe au pouvoir des mains qui ont recueilli l'ignoble succession , le triste héritage de la conspiration monstre Talleyrand-Fouché , conspiration soldée par la trahison Marmont et consorts !

Cependant , réjouissons-nous !

Respectons les décrets mystérieux de la divine providence ;

La grande épée, déposée aux Tuileries ,

Fait faire au peuple français , la délivrance de son legs immortel !

Les cendres illustres viennent reposer sur les bords de la Seine , et Dieu a voulu en outre que la grande épée vînt attendre aux Tuileries la bienvenue de son si digne héritier qui la rendra ,

SANS TACHE

ET RESTAURÉE

AU VAILLANT SOLDAT , NAPOLÉON IV ! ! !

Soyons donc sobres de reproches.

LES POTENTATS

S'interdisent le droit de ne jamais faire aucun traité avec Napoléon et sa famille. *Ce beau nom,*

ENSEIGNE DE L'HONNEUR ,

SYMBOLE DE LA GLOIRE ,

Les épouvante, car aujourd'hui ils sont tous à ses pieds. Les téméraires !

Ils font afficher partout qu'ils ne font pas la guerre à la France ,

Mais à lui seul !

Jamais ! Non, jamais l'histoire n'a buriné pareille pusillanimité. Toute l'Europe, tout un continent contre un homme, contre un seul homme !

Et encore se laisser vaincre.

Cet épisode, si remarquable, si historique de la vie de Napoléon, démontre par lui-même qu'en 1815 pas un potentat de l'Europe n'était ni capable, ni digne d'occuper le trône : aucun d'eux n'était à sa place.

NAPOLÉON,

Dont le regard d'aigle perce jusques dans les derniers replis de l'âme convulsive des potentats, l'incohérence de leurs idées si mal assises, accepte le grand défi.

Depuis la retraite de Moscou jusqu'en 1814, quoiqu'ils n'aient affaire qu'aux débris d'une armée mutilée par le gel, échappée par miracle des neiges et glaçons de la Russie ; quoique suivis d'un million de soldats bien armés ; quoique conduits à travers la France par un maréchal de France qui leur sert de bon général d'avant-garde, les potentats mettent deux ans pour pénétrer dans Paris et détrôner Napoléon.

Et quelques mois plus tard, Napoléon, seul, sans tirer la grande épée de son fourreau, ne faisant qu'obéir à la voix de la raison et de sa conscience pour commencer le mouvement si inoffensif de simple voyageur,

Ne fait que paraître !

Et ne sont déjà plus les travaux immenses qui ont si laborieusement occupé pendant deux ans un million de soldats bien armés, conduits par un maréchal de France qui leur ouvre la marche en battant volontairement en retraite devant eux jusque dans Paris, après son abandon incompréhensible des bords du Rhin, n'était sa trahison pendant les journées des 29, 30 et 31 décembre 1813, sans être remplacé, à la barbe de l'ennemi, par une autre division française,

NAPOLÉON EST SUR SON TRONE !

Et pour arriver à si belle conquête, Napoléon n'a pas mis dix jours !

Napoléon n'a pas offensé un enfant,

Napoléon ne s'est pas emparé d'une obole !

Alors,

Comme aujourd'hui, comme toujours, le peuple lui va au-devant.

Le peuple lui offre et son sang et sa bourse ;

Et ,

Malgré ses vingt ans de batailles et de conquêtes forcées , était-il sanguinaire le grand Napoléon , idole du peuple et de l'armée ?

Vous ! ses détracteurs ,

Qui avez violé tant de fois la paix , librement acceptée et signée par vous ,

Répondez !

Répondez-donc !

Où trouver des Alexandre , des Annibal , des César qui peuvent lui être comparés ? Que sont, à côté de lui, les potentats de l'Europe , même réunis en congrès européen... ?

Ils l'ont fait disparaître , parce qu'il leur faisait honte.

Ils se voyaient...

Si petits ,

Si nains ,

A côté de lui !

Le lendemain de Waterloo , Napoléon , toujours invulnérable sur le champ de bataille , même quand il y cherche la mort ; toujours prêt à se sacrifier pour le salut de la Patrie à laquelle il a voué toute son existence , concentre sur lui seul toute la haine de l'ennemi , attire sur sa tête seule toute la fureur , toute la rage de la Sainte-Alliance.

Aussi calme dans la défaite, qui lui fait mépriser le rôle honteux de quelques grands officiers , de quelques grands dignitaires de l'Empire , qui viennent pour la seconde fois de fouler aux pieds leurs serments, de trahir, de vendre le sang si généreusement versé à Waterloo ,

Que grand dans la victoire, qui fut toujours le fruit assuré de son activité inimitable, unie à la plus savante stratégie , Napoléon laisse derrière lui ses nombreux bataillons , ne se fait pas même précéder d'un parlementaire ,

LE MAITRE DU MONDE , SEUL ET SANS ARMES ,

Paraît au camp ennemi.

Puisque ce n'est qu'à lui que vous faites la guerre, voilà Napoléon qui descend volontairement du premier trône du monde pour vous donner la paix. Il vous demande, dans vos vastes possessions, un petit coin de terre où il puisse terminer paisiblement sa carrière en société d'un petit nombre d'amis, auxquels, dans ses délassements, il pourra raconter, écrire, mettre en ordre le riche commentaire de ses campagnes si intéressantes, si orageuses, si célèbres !

Que cette conduite si angélique, si chrétienne aurait dû faire pâlir les Bourbons, s'ils n'avaient pas laissé en exil tout germe du sang français; que la même conduite aurait dû faire rougir les républicains de 1848, si empressés à se disputer le pouvoir !

Et pour toute réponse à un si noble dévouement, seul, unique dans l'histoire ancienne et moderne, les potentats lui font porter sa croix jusqu'à Sainte-Hélène, sur laquelle ils le font expirer, non plus en faisant couler son sang comme à Jésus; mais en le faisant dessécher sur la pointe d'un rocher aride et brûlant, au milieu du vaste Océan... Véritable supplice de Tantale !

ET L'EMPEREUR FRANÇOIS !

Qui doit à Napoléon deux fois la conservation de son trône,

Qui est père de sa femme,

Grand-père de son fils,

Au lieu d'unir ses nombreux bataillons à la puissante armée de la Loire pour faire révoquer cet ordre impie, ordre entaché de la plus noire comme de la plus hideuse scélératesse, s'empresse d'en faire hâter l'exécution en se faisant représenter à Sainte-Hélène par un commissaire qui vient être témoin de la plus lente comme de la plus atroce agonie.

Français ! n'oublions pas la mort
Du Prince martyr de son sort ;
    Pleurons sur le rocher
    Où ses bourreaux l'ont tué !
Faisons notre prière
    Au tout Puissant !
    Au tout Puissant !
Faisons notre prière
    Au tout Puissant !
    Pour le Mourant !

Pendant sa longue agonie à Saint-Hélène, Napoléon,

aussi calme sur son rocher que Socrate avalant la ciguë dans sa prison, laisse échapper le cri si naturel de sa conscience :

LE PEUPLE ME VENGERA !

Et c'est Dieu qui le venge ! Le peuple n'est que l'instrument dont se sert la Divinité pour l'accomplissement de ses plus remarquables desseins.

En 1840 ,

Napoléon règne aux Invalides ; c'est là que commence sa résurrection ;

Et s'il n'eût pas été si *invalide* , Lui ! toujours si leste , si bouillant , si intrépide , aurait-t-il mis huit ans pour arriver aux Tuileries ?

En 1848 ,

La famille NAPOLÉON , honorée du suffrage universel , est toute à Paris , et le prince impérial Louis-Napoléon est proclamé Président de la république.

La France inaugure la résurrection de son souverain légitime.

En 1852,

NAPOLÉON EST SUR SON TRONE !

La résurrection est complète.

En 1855 ,

Napoléon réunit à Paris, au Palais de l'Industrie et du Commerce tous les grands industriels, tous les premiers représentants du commerce de l'Univers.

Haute sanction significative du gouvernement que se donne la France.

En 1856 ,

Napoléon réunit à Paris au palais de la guerre tous les potentats de l'Europe. Ils signent la paix européenne aux justes conditions que leur impose Napoléon.

Sanction céleste du gouvernement que se donne la France !

> Quand la paix et la guerre
> Veulent Napoléon ,
> Tout se tait sur la terre ;
> Tout révère son nom !

Quel honteux démenti se donnent les potentats !
Et pour l'obtenir,

Que d'amères larmes a versé l'Europe, ruisselante de sang humain !

ASSASSINATS !

Brune, Labédoyère, Ney, Mouton-Duverney ;

MASSACRES, MASSACRES !

De la Pologne, de l'Italie, de l'Allemagne, de la Hongrie, de Paris 1830, de Paris 1848.

ASSASSINATS, ASSASSINATS !

De sept généraux illustres, d'un saint évêque !

O HONTE ÉTERNELLE !

Seraient-elles arrivées toutes ces révolutions qui n'ont pu être appaisées, éteintes que par le rappel de Napoléon ?

LE TRONE EST A NAPOLÉON,

COMME A *cuique* le *suum*.

Le retour si miraculeux de l'île d'Elbe proclame deux vérités qui luiront dans l'histoire, comme deux phares inextinguibles, monuments de honte éternelle pour les potentats de l'Europe en 1815 :

La première,

Que Napoléon est bien l'envoyé de Dieu sur le trône de France ;

La seconde,

Que les souverains de l'Europe ont eu des yeux pour ne le pas voir.

Aveuglés par la passion,

Ils n'ont pas su voir que leurs efforts gigantesques sont brisés par la volonté divine.

Ils sortent Napoléon par la porte,

Et Napoléon rentre par la fenêtre.

Que le concours

DE LA PAIX

ET DE L'HEUREUSE NAISSANCE

Serve de sévère leçon à leurs successeurs.

DIEU

Ne permet pas de lutte contre le vouloir populaire d'un grand peuple,

Qu'ils n'oublient jamais,

Que le *vox populi*

Est bien le *vox Dei*.

Qu'ils gravent profondément dans leur mémoire qu'au XIX siècle...

Napoléon est à la France,
Ce que l'âme est au corps !

Lien d'amour inséparable.

Le berceau de Napoléon IV est le symbole assuré du laurier de la paix. Il vient annoncer au peuple français qu'il n'a plus à subir de guerre civile. En France, peuple et souverain se sont retrouvés, et leur devise est... :

Paix, union, à chacun le sien.

SOUS NAPOLÉON Ier,

Quoique continuellement en guerre, la France vivait heureuse.

LES BOURBONS,

Qui se sont figuré que le trône de France est leur propriété particulière, ont reparu, a dit pour eux le conspirateur Talleyrand, pour restaurer la France.

Voyons,

Examinons :

Se faire précéder en France par Polignac et Marcaty qui servent d'espions pour l'introduction de l'ennemi; s'appuyer sur les baïonnettes étrangères et sur la trahison de quelques grands dignitaires et de quelques grands officiers de l'empire pour revenir de l'exil;

Démembrer la France des Alpes et du Rhin pour introduire à l'improviste l'ennemi dans son sein ;

Choisir pour conseiller et ministre-dirigeant le transfuge de Gand ;

Monter sur le trône de France pour s'en faire chasser deux fois par toutes les horreurs de la guerre civile qui a inondé la France de sang humain ;

Parce qu'ils n'ont pas voulu trahir leurs serments, faire fusiller l'élite des généraux français qui ont marché sous le drapeau de l'Élu de la nation, drapeau qui les a conduits pendant vingt ans au champ de l'honneur et de la gloire ;

Violenter la majesté du peuple souverain en faisant *empoigner* dans le sanctuaire des lois son éloquent tribun qui a eu l'immense courage civil de faire descendre du haut de la tribune nationale la si dure, si cuisante vérité : Que ce

n'est qu'avec répugnance que la Frnace a vu revenir la famille des Bourbons.

Si c'est là restaurer la France,

Le vertueux Cicéron a eu tort, grand tort de produire
ses éloquentes Catilinaires, car Catilina voulait aussi restaurer la république romaine.

Et beaucoup moins heureux que les Bourbons, il n'a pu
y parvenir.

Pendant les 35 ans de prétendue restauration, sous les
deux règnes des Bourbons, la France n'a jamais cessé
d'être agitée, convulsive, malade.

NAPOLÉON REPARAIT !

Et la France reprend sa mâle vigueur.

Les grands travaux d'art s'exécutent par enchantement.

Les chemins de fer sillonnent la France.

La guerre la plus meurtrière et la plus lointaine se fait
par souscription nationale.

Une paix glorieuse, promptement obtenue, couronne ses
efforts.

Son commerce, bien établi avec toutes les puissances de
l'univers, devient tous les jours plus florissant, plus pros-
père.

Et sa marche triomphale inspire une telle confiance,
qu'elle devient conductrice de l'Europe.

Aussi, il faut être aveugle pour ne pas voir à de pareils
signes que la France jouit d'une paix profonde.

Que la France marche à pas de géant par la voie du travail, par la voie du progrès et de la prospérité à l'heureux
règne de l'âge d'or.

Et aujourd'hui,

Pour la première fois, la France peut s'écrier et s'écrie
par acclamations... :

VIVE L'EMPEREUR !

JE SUIS RESTAURÉE.

Le jour de Pâques 1856

La grande âme de Napoléon Iᵉʳ se lève tonnante sur le dôme des Invalides ; sa harangue aux faibles et aux puissants de la terre.

La France attentive
Le jour des Rameaux ,
Voit face native
D'Empereur nouveau !

Et du jour de Pâques
Le grand *Te Deum*
Sort du catafalque
Le roi des nations :
C'est résurrection !

Puis des Invalides ,
Son œil foudroyant,
Va scruter le vide
Du monde béant.

A LA VOIX TONNANTE
SOYONS ATTENTIFS !

« En France, plus de tourmente!
« En France, plus de partis !
« De tous les beaux discours, nonobstant l'arrogance,
« Le parti Napoléon est toujours *la France!*

« La France était prisonnière ,
« Mais vient un Napoléon !
« Et sitôt reparaît son nom
« Portant la tête haute et fière
« Au-dessus des autres nations !

« La paix d'hier confronte
« Des faits si nouveaux,
« Qu'ils font jaillir la honte
« De Fontainebleau !

« Les rois de l'Europe
« M'ont précipité ,
« Et rois de l'Europe
« Sont tous à mes pieds !

« Sur qui put me vendre ,
« Un jour dans Paris ,
« S'appuie Alexandre ,
« Penaud d'être pris !

« Marmont conduit-il Alexandre ,
« Le Russe s'avance vainqueur ;
« Mais la France n'est plus à vendre ;
« Cosaques , ayez plus de pudeur !

 « Faites donc bonne guerre !
 « Défendez votre sol ;
 « Cachez-vous bien en terre !
 « Même à Sébastopol !

« Hé quoi !.. vous brûlez Sinope !..
 « Mais il revient si flétri ,
 « Qu'il se soumet à l'Europe
 « Et de rage et de dépit !

 « Jamais , jamais la panique
 « Ne fit plus d'effet !
 « Qu'on lui laisse sa Baltique ,
 « Et tout reste en paix .

 « Honneur ! honneur à la guerre
 « De cinquante-cinq !
 « Par elle sont mis à terre
 « Les rois assassins !

Et

 « De cette paix générale
 « Sort , grand Dieu ! quelle morale ! ! !

Les rois, pour perdre Napoléon, se liguent, offensent la morale , épouvantent la religion , font naître partout inquiétude , malaise , guerre civile.

Et après trente-cinq ans d'agitations , de secousses et de révolutions , Napoléon reparaît , et avec lui renaissent le calme , l'union , la paix , la prospérité dans l'industrie, dans les arts et dans le commerce.

DÉMONSTRATION MATHÉMATIQUE.

La démolition de Napoléon est l'œuvre de Satan !

Et

Le règne de Napoléon est l'œuvre de Dieu !

Et les portes de l'enfer ne prévaudront pas contre le *cuique suum*, qui est le drapeau de l'ordre, drapeau sous lequel marchent les enfants de Dieu !

Copie de ma Lettre

A Sa Majesté EUGÉNIE, Impératrice des Français,
à l'occasion de mon Ode au Premier-Né de l'Empire.

—

Grenoble, 1er mars 1856.

A S. M. EUGÉNIE, IMPÉRATRICE DES FRANÇAIS.

AUGUSTE SOUVERAINE !

Depuis plus de trois mois, plusieurs heures avant le jour, je suis réveillé par le plus grand des tintamarres de tous les canons des places fortes de l'Empire, annonçant au peuple français l'heureuse naissance de Napoléon IV !

Je ne suis ni superstitieux, ni fataliste ; cependant cette si douce hallucination de tous les jours a fini par me convaincre qu'elle est bien la sainte annonce de l'ange du Seigneur !

IMPÉRATRICE BIEN AIMÉE !

Acceptez-en l'heureux augure et la délicatesse cordiale qui en perpétue le souvenir

Du patriote le plus fervent,

Le plus dévoué à l'Empire,

Entièrement oublié, délaissé pour ne pas être connu.

PELLOUX.

ODE AU PREMIER-NÉ DE L'EMPIRE.

—

BAPTÊME DE NAPOLÉON IV.

Aux cris d'allégresse...
Vive l'Empereur !
Le peuple confesse
Que naît son Sauveur !

Veille sur lui,
Divine Providence !
Veille sur lui,
Le Sauveur de la France !

ATTITUDE DU PEUPLE FRANÇAIS AU BAPTÊME.

A l'Être suprême
Faisons dévotion !
Il bénit baptême
De Napoléon !

Veille sur lui,
Divine Providence !
Veille sur lui,
Le Sauveur de la France !

MAJESTÉ DU PEUPLE FRANÇAIS AU BAPTÊME.

Quand s'agit de fête
A Napoléon...
Du peuple la tête
Bondit par millions !

Veille sur lui,
Divine Providence !
Veille sur lui,
Le Sauveur de la France !

HOURRA DU PEUPLE FRANÇAIS ALLANT AU BAPTÊME.

A voir le délire
Des cris de bonheur,
C'est partout l'Empire
Qui bat dans nos cœurs !

*

Veille sur lui,
Divine Providence !
Veille sur lui,
Le Sauveur de la France !

ALLÉGRESSE PUBLIQUE DANS LES PROMENADES.

Dans chaque famille...,
Dans chaque maison...,
Les garçons, les filles !
— Grand Dieu ! nous l'avons !

Vei'le sur lui,
Divine Providence!
Veille sur lui,
Le Sauveur de la France !

PROFESSION DE FOI DU PEUPLE FRANÇAIS.

Croyons à la France,
A Napoléon !
Quand Dieu par clémence
Nous en a fait don !

Veille sur lui,
Divine Providence !
Veille sur lui,
Le Sauveur de la France !

VOCATION DU PEUPLE FRANÇAIS.

O Napoléon ! O Eugénie !
Des Français étoile du génie !
Vos nobles cœurs, serrés, bien unis,
Des Français ont détruit les partis !
Sous vos justes lois, liberté sage
Du peuple heureux fait tout l'héritage ;
Partout sous vos pas la paix, l'union,
C'est l'immense écho de la nation !

A ta voix, ô Napoléon !
La France n'est plus prisonnière :
De l'Europe elle est au timon ;
Partout on la voit grande et fière.
A ta voix, quel puissant renom !

Quel entraînement ! quel délire !
Comme aide et soutien de ton nom,
D'Espagne vient le plus beau nom
Embellir le trône et l'Empire.
Partout, en province, à Paris !
Ce n'est que jeux, spectacles, ris !
A ta voix, ô céleste don !
Eternel soutien de l'Empire !
T'arrrive le plus beau poupon
Qu'aime France, que France admire !
A ta voix sortent des palais,
A ta voix grandit le commerce,
A ta voix chemins de fer percent,
A ta voix... quel puissant arrêt,
A ta voix commence la guerre,
A ta voix se signe la paix,
A ta voix s'allie Angleterre !
Honneur ! honneur au héros du progrès !

Départ de l'Armée pour l'Orient.

I.

C'est pour le *cuique suum*   (bis).
Que nous soldats français marchons,
Commandés par Napoléon !
      Honneur à Saint-Arnaud
      Qui nous mène à l'assaut !
Partons pour la mer Noire
      Et pour Moscou,
      Et pour Moscou !
Partons pour la mer Noire
      Et même pour
      Pétersbourg !   (bis).

II.

Si Nicolas a des canons,   (bis).
Sur nos vaisseaux nous les mettrons
Par ordre de Napoléon !

L'Anglais n'est-il pas là...
Pour nous prêter son bras ?
Partons pour la mer Noire
   Et pour Moscou,
   Et pour Moscou !
Partons pour la mer Noire
   Et même pour
   Pétersbourg !   (bis).

III.

Anglais, Français rivalisons !   (bis).
Allons au trot, partons, chargeons !
Ainsi le veut Napoléon !
   Détruire le tyran !
   Voilà l'ordre du camp !
Partons pour la mer Noire
   Et pour Moscou,
   Et pour Moscou !
Partons pour la mer Noire
   Et même pour
   Pétersbourg !   (bis).

IV.

Si l'étendard vient à fléchir,   (bis).
En Vaterloo sachons mourir !
Ainsi l'honneur veut en finir !
   Qui nous mène au canon ?
   C'est un Napoléon !
Partons pour la mer Noire
   Et pour Moscou,
   Et pour Moscou !
Partons pour la mer Noire
   Et même pour
   Pétersbourg !   (bis).

SIÉGE DE SÉBASTOPOL.

Dernière citadelle, dernier refuge de la Sainte-Alliance.

Les popes russes invoquent l'âme satanique de Talleyrand :

LES POPES.

Allons, Sainte-Alliance !
Recrute des conscrits !
Tu ne vends plus la France !
Que fait donc Metternich? (Bras droit de Talleyrand.)

L'ARMÉE FRANÇAISE.

Le retour à l'Empire
Fait mugir, fait rugir Talleyrand !
Proclamons le martyre
De parju... de parjure vivant !
Proclamons le martyre
De tous ses..., de tous ses partisans !

Les popes contemplent l'âme noire de Talleyrand, qui
leur apparaît dans le nuage :

LES POPES.

Pour vaincre les zouaves
Recrute un Wellington !

L'âme de Talleyrand répond d'un ton de voix pleureur:

Mais ne pouvoir m'entrave,
Car je n'ai plus Marmont !

L'ARMÉE FRANÇAISE.

Le retour à l'Empire
Fait mugir, fait rugir Talleyrand !
Proclamons le martyre
De parju... de parjure vivant !
Proclamons le martyre
De tous ses..., de tous ses partisans !

L'âme de Talleyrand s'adresse à Nesselrode d'un ton de
voix tout larmoyant :

Que fait Nessellerode
A Saint-Pétersbourg ?
Attend-il que la fraude
Fasse brûler Moscou ?

L'ARMÉE FRANÇAISE.

Le retour à l'Empire
Fait mugir, fait rugir Talleyrand !
Proclamons le martyre
De parju... de parjure vivant !
Proclamons le martyre
De tous ses..., de tous ses partisans !

L'âme de Talleyrand s'adresse à Pozzo-di-Borgo, d'un ton de voix tout sanglotant :

Quand tu vois Alexandre
Dans un tel imbroglio,
Que ne viens-tu le défendre !
Toi, Pozzo-di-Borgo !

L'ARMÉE FRANÇAISE.

Le retour à l'Empire
Fait pleurer, fait hurler Talleyrand !
Proclamons le martyre
De parju... de parjure vivant !
Proclamons le martyre
De tous ses..., de tous ses partisans !

TOUS LES PEUPLES DE L'EUROPE.

Grands leviers de la France,
Canrobert, Pélissier ;
Faites brandir sa lance,
Et paix sous vos lauriers !

TOUTES LES ARMÉES ALLIÉES ET LE PEUPLE FRANÇAIS.

Le retour à l'Empire
Fait mugir, fait rugir Talleyrand !
Proclamons le martyre
De parju... de parjure vivant !
Proclamons le martyre
De tous ses..., de tous ses partisans !

Le 8 septembre 1855, crise de l'armée alliée devant
Sébastopol :

> Alme, Inkermann, Sébastopol !   (bis).
> Au fer, au feu sur votre sol !   (bis).
>   Aidons à Pélissier !
>   Sabrons jusqu'au dernier !
>   Promenons la victoire
>   En foudroyant,
>   En foudroyant !
>   Promenons la victoire
>   En foudroyant
>   Pierre-le-Grand !
>   Son testament,
>   Et descendants !

L'armée française à Malakoff, dernier refuge de la
Sainte-Alliance :

L'ARMÉE.

> De la tour Malakoff...
> Relevons, relevons le rempart !
> Du prince Gorstchakoff...
> Célébrons, célébrons le départ !

LE GÉNÉRAL BOSQUET.

> Alexandre a beau faire
> Voltiger ses soldats,
> Pélissier les fait taire
> En leur coupant les bras !

L'ARMÉE.

> De la tour Malakoff
> Relevons, relevons le rempart !
> Du prince Gortschakoff
> Célébrons, célébrons le départ !

LE GÉNÉRAL BOSQUET.

> Alexandre a beau faire
> Equiper des vaisseaux ;
> Pélissier leur fait faire
> Le plongeon du crapaud !

L'ARMÉE.

De la tour Malakoff
Relevons, relevons le rempart !
Du prince Gortschakoff
Célébrons, célébrons le départ !

LE GÉNÉRAL BOSQUET.

Le tzar faisait patrouille
Dans la mer de l'Euxin ;
Mais il fait la grenouille
Il vient de perdre fin !

L'ARMÉE.

De la tour Malakoff
Relevons, relevons le rempart !
Du prince Gortschakoff
Célébrons, célébrons le départ !

LE GÉNÉRAL BOSQUET.

Nicolas, en corsaire,
A pris la Valachie ;
Mais ce coup téméraire
Lui fait perdre la vie !

L'ARMÉE.

De la tour Malakoff
Relevons, relevons le rempart !
Du prince Gortschakoff
Célébrons, célébrons le départ !

LE GÉNÉRAL BOSQUET.

Nicolas, à Sinope,
Brûle le Musulman ;
Mais sur lui de l'Europe
Il a le feu roulant !

L'ARMÉE

De la tour Malakoff
Relevons, relevons le rempart !
Du prince Gortschakoff
Célébrons, célébrons le départ !

LE GÉNÉRAL BOSQUET.

Le Russe aux Dardanelles
Veut planter son drapeau ;
Mais sous les sœurs jumelles
Il trouve son tombeau !

L'ARMÉE.

De la tour Malakoff
Relevons, relevons le rempart !
Du prince Gortschakoff
Célébrons, célébrons le départ !

Retour de l'Armée d'Orient : Espérance.

I.

Sonnez, sonnez cors et trompettes !
Sonnez, sonnez cors et clairons !
Célébrez, célébrez la fête
De l'Empereur Napoléon !
Il porte son pied sur les Alpes,
Plante son drapeau sur le Rhin,
De la France dernière étape,
Victorieuse sur l'Euxin !

II.

Sonnez, sonnez cors et trompettes !
Sonnez, sonnez cors et clairons !
Célébrez, célébrez la fête
De toutes, toutes les nations !
Quand l'une prie à Varsovie,
L'autre à Pesth réclame son nom,
Et tout sourit en Italie,
Où s'improvise le grand rond !

—

Oui ! oui ! mon pays avant tout !
Et chut !
Son Empereur lavera tout !

DOUBLE ESPÉRANCE !

Roi belge ne perd pas la vie :
Il va régner à Varsovie !
Les Alpes et le Rhin ,
De bonne souvenance ,
Etaient les vrais confins
De notre belle France!
L'abandon du Rhin par Marmont ,
Sans tirer un coup de canon ,
N'a jamais fermé la barrière
A si naturelle frontière !
Et
Disons à qui cherche le repos , le bonheur :
Le vol ne profita jamais à son auteur !

———

A L'AME DE TOUT CONGRÈS DE LA PAIX :

Pivot de l'ordre du monde entier.

Cuique suum!
Et paix nous aurons !
Avez-vous le vôtre?
Oui , la paix est nôtre !
Ne l'avez-vous pas?
Non ! non ! la paix n'est pas là !
Et
D'autre part attendons-la.

Long mugissement de l'empereur de Russie.

L'empereur de Russie n'a pas déchiré le testament de Pierre-le-Grand, testament qui est toujours le grand et unique pivot sur lequel tourne toute sa politique.

Mais avoir abandonné la Valachie que son illustre père avait subitement et si lestement avalée ;

Mais comme souverain maître et absolu , avoir disparu de la mer Noire qui cachait l'arsenal de poudre, de boulets et de canons , destinés à assiéger et prendre Constantinople ;

Mais avoir abandonné les bouches du Danube qui devaient le conduire triomphant à Constantinople,

C'est avoir porté un coup mortel au mémorable, si mémorable testament!

Aussi, vient-il de s'en étourdir en se faisant donner fêtes sur fêtes dans l'ancienne capitale de la Russie.

Mais qu'elles sont loin de rivaliser avec les fêtes de Paris en 1855 et 1856 !

Les fêtes de Paris, véritable ovation populaire, ont signalé à jamais le triomphe du peuple qui consacre le règne du *cuique suum* ; ces fêtes vivent et vivront dans l'avenir.

Les fêtes de Moscou, toutes subordonnées à la volonté d'un seul, n'ont marqué que le passage aride et sec du *primo mihi* ; elles sont déjà oubliées.

Et l'empereur de Russie, prenant pour prétexte les affaires de Naples, vient de faire entendre le long mugissement de la grande douleur qui l'accable.

Mais si jamais il lui prend envie de recommencer la farandole de 1854 et 1855, la France et l'Angleterre tiennent en réserve la proclamation suivante.

Baptême de la Pologne.

I.

Poniatowski, vieil ami !
Tu reparais sur la Vistule,
Entouré de nombreux amis
Pour toi brûlant force capsules !
   Oui ! c'est pour toi, héros du Nord,
   Qu'elle fanfare,
   Qu'elle fanfare ;
   Oui ! c'est pour toi, héros du Nord,
   Anglo-Français bravent la mort !

II.

Napoléon est ton parrain,
Et Victoria ta marraine ;
Ils t'ont baptisé sur l'Euxin,
Où tu reçus... quelles étrennes !
   Oui ! etc., etc.

III.

L'Occident t'a cherché longtemps
Dans les déserts de Sibérie ;
Il te retrouve tout sanglant
Sous le knout de la Russie.
       Oui ! etc., etc.

IV.

Reprends ton casque et ton épée,
Qui font trembler les infidèles ;
Sois la sentinelle avancée
Où t'attend l'honneur qui t'appelle.
       Oui ! etc., etc.

Réveil de la Pologne.

I.

Allons, enfants de la Vistule,
Le jour de vaincre est arrivé,
Secourons nos maisons qui brûlent,
C'est le signal de liberté !   (bis.)
Pouvons-nous voir dans nos familles
Mugir ces féroces soldats,
Qui viennent jusques dans nos bras
Enlever nos garçons, nos filles !
       Aux armes Polonais !
       A nous Anglo-Français !
           Debout !
           Partout !
       Que notre sol
       Soit un Sébastopol !

II.

Au grand banquet qui nous invite,
Paroles de l'Exposition,
C'est à tous qu'il dit : — Venez vite
Prendre part à la grande action !   (bis.)
Refoulons-les en Sibérie...

Tartares , Cosaques du Don !
Expulsons-les de nos maisons
Ces destructeurs de la patrie !

Aux armes ! etc., etc.

III.

Amis de la liberté sainte,
Soyez témoins de nos exploits ;
Vous avez entendu nos plaintes...
Et pour nous soyez sans effroi !   (bis).
Si nous avons repris les armes ,
C'est pour vaincre , c'est pour mourir ;
Oui, Français ! voulons en finir
Par le sang et non par des larmes!

Aux armes ! etc., etc.

IV.

Enfants de la terre promise ,
Formons partout nos bataillons ;
Pélissier est notre Moïse,
Il nous mène droit au canon !   (bis).
Devançons-le sur Varsovie,
Attentive au bruit de nos pas ,
Que tout patriote soit là ,
Soldat vengeur de la patrie !

Aux armes ! etc., etc.

V.

Frères, du couchant de l'Europe,
Voyez nos mains teintes de sang ;
Ils ne brûleront plus Sinope,
Nous avons détruit les tyrans !   (bis).
Nous avons puni l'autocrate ;
Son orgueil vit parmi les morts ,
Qu'ainsi subisse même sort
Profanateur de nos pénates !

Levons-nous Polonais !
Fêtons Anglo-Français !

Attention,
Sur tous les tons
Chantons Napoléon !
Sauveur,
Vengeur
De notre nom !

Triomphe de l'Armée Française.

L'Aigle impériale a repris son vol audacieux.

Malheur à qui l'attaquera !

I.

L'oiseau des cieux est revenu
Portant le laurier sur sa tête,
Sur la France il est descendu
Pour célébrer sa grande fête !

Oui, c'est par toi l'oiseau des cieux ;
Quelle allégresse !
Quelle allégresse !
Oui, c'est par toi l'oiseau des cieux
Que le Français vit glorieux !

II.

Napoléon fut ton parrain,
Il te nomma l'Impériale,
Et jamais les rois, ses voisins,
N'ont pu retrouver ton égale !

Oui ! etc., etc.

III.

Tu reprends les Alpes, le Rhin,
Sans faire jouer la mitraille ;
C'est au surplus tout le terrain
Par toi conquis dans cent batailles !

Oui ! etc., etc.

IV.

Au pont d'Arcole, à Marengo,
Tu soutiens nos jeunes colonnes ;
Aux champs d'Austerlitz et d'Eylau,
Devant toi sombrent trois couronnes !

Oui ! etc., etc.

V.

A Champ-Aubert, à Montereau,
Tu fis pâlir les trois colosses,
Et de Marmont, sans le complot,
Tu les aurais mis dans la fosse !

Oui ! etc., etc.

VI.

A Sainte-Hélène, à Waterloo,
Pour échapper au grand naufrage,
Tu disparais de nos drapeaux
Pour remonter dans les nuages !

Oui ! etc., etc.

VII.

Napoléon, par ton rappel,
Te rend les honneurs de la gloire,
Tu viens de vider un cartel
Toujours en fixant la victoire !

Oui ! etc., etc.

SOLI, SOLI, SOLI, ET SINE SOLE, NIHIL !

Avec Napoléon, la France marche, grandit, fleurit,
Conduit l'Europe : elle mène le monde !
Privé de Napoléon, la France croupit, boîte, se dispute,
maigrit ; elle va à la remorque !
Voilà pourquoi je suis Français, Napoléonien !
Et le Français qui s'aimera me suivra !

Exercice de Napoléon IV au berceau.

J'aime Papa ,

J'aime Maman !

J'aime les zouaves, les chasseurs, la garde de mon père !

J'aime Papa ,

J'aime Maman !

J'aime Pélissier

Et tous nos troupiers

Couverts de lauriers !

J'aime Canrobert, qui me met au port d'arme ;

J'aime nos marins

Qui me dressent la main !

J'aime Randon

Qui me fait faire... front !

J'aime Papa,

Lorsqu'il m' dit : — Emboîte le pas !

J'aime Bosquet

Qui me donne mon mousquet !

PELLOUX , DE L'ISÈRE.

FIN.

Grenoble, Imp. E. REDON, rue Bayard, 13.

www.ingramcontent.com/pod-product-compliance
Lightning Source LLC
Chambersburg PA
CBHW061656180626
46818CB00003B/1124